소도둑 성장기

함윤이

위즈덤하우스

차례

소도둑 성장기 ·· 7
작가의 말 ·· 76
함윤이 작가 인터뷰 ·· 91

나의

첫

도둑질

그것은 남의 몸속에서 이루어졌다.

당시 나는 3.2킬로그램. 태지와 피로 범벅된 몸이 진분홍색으로 빛났다. 개중 가장 빨간 입으로 오랫동안 악을 썼다. 양 주먹은 힘껏 움켜쥔 채였다. 오른 주먹은 쉽게 풀렸으나 왼손은 그렇지 않았다. 이런 일을 수없이 겪어본, 아마 젊고 아름다우며 피로에 찌들었을 간호사들이 내 양편에 서서 왼손가락을 하나하나 펼쳐냈다. 그 안에 작은 게 들어 있었다.

　엄마는 하얗게 갈라져 거의 들리지 않는 목소리로 물었다. 뭐예요?

　간호사들이 엄마를, 그다음 다시 내 손바닥을 쳐다보았다. 조그만 뼛조각이 거기 있었다. 성인의 손톱보다 더 작고 얇았으나 신생아의 손바닥 안에서는 꽉 차 보이는 조각이었다.

　나를 받았던 의사는 추후 곤란한 얼굴로 상황을 설명하려 애썼다. 아주 드문 일이지만, 본인에게도 어떤 전례가 없는 일이지만, 배아 발달 과정에서 잘못 떨어져 나온 세포가 석회화된 듯 보인다고 했다. 그러니까 양수 속에서 태아와 이탈 세포가 함께 머물다가

같이 나온 거죠. 그도 아니면……. 그는 연신 땀을 닦으며 말했다. 마찬가지로 아주 희박한 가능성이며, 그가 한 번도 겪어본 적 없는 일이지만, 이 뼛조각은 태아가 본래 갖고 있던 기형종(teratoma)의 흔적일지도 모른다고.

    엄마는 그의 말을 믿지 않았다. 얼마 뒤에 검사한 엄마의 뱃속은 별 이변 없이 깨끗했다. 내 몸속 역시 마찬가지였다. 엄마는 내가 들고 나온 조각이 이탈 세포나 기형종의 흔적이 아닌, 그 **자신의** 뼈 같다고 느꼈고, 내가 태어나면서 **당신의** 뼈 일부를 훔쳤다고 확신하게 되었다. 의사와 가족을 비롯한 모두가 그런 일은 벌어질 수 없으며 생물학적으로 불가능하다고 설득했지만, 엄마는 완고했다. 무슨 수를 썼는지 몰라도 이 뼈는 내 거야. 그는 병원이 돌려준 뼛조각을 들어 보이며 말했다. 얘가 내 뼈를 가져갔어.

엄마는 옷장 가장 아래쪽 서랍에 뼈를 보관했다. 종종 꺼내어 들여다보기도 했다. 그리고 어느 정도 머리가 자란 내가 당신에게 모질게 혹은 비겁하게 굴려고 할 때마다 눈을 맞추며 말했다. 아…… 뼈가 아프다.

첫 도둑질 이야기를 들은 이후로 나는 종종 엄마가 딱히 날 좋아하지 않는다는 느낌에 사로잡히곤 했다. 원인은 분명해 보였다. 제 몸에서 각종 영양을 흡수하며 열 달을 기거하다가—갖은 고통과 부상을 주며 빠져나온 인간이 본인의 뼈까지 훔쳤다면, 아아 그렇다면, 나라도 괘씸하다는 마음을 품었을 테다.

나중에 나는 성준을 포함한 몇몇과의 대화에서, 그리고 국가가 청년이나 휴학생을 상대로 열어준 무료 상담 따위에서 이런 마음을 밝히기도 했다. 대개 내 오해일 거라는 답변이 돌아왔다. 어머니가 왜 당신을 미워하겠어요. 그들은 말했다. 엄마가 간혹 보이던 냉담한 모습은 산후우울증 혹은 경력 단절로 불안을 겪는 여성이 보임 직한 반응이라는 말도 했다. 그도 아니면 세포 분화나 기형종에 관한 이야기에서 비롯된 충격 탓이거나.

    나 또한 매번 비슷하게 반박했다. 아뇨, 아니요, 아니에요. 나한테는 언니도 오빠도 있는데 엄마와 그들은 아주 다정한 사이로 지내요. 엄마는 그들을 키울 적에 이미 전업주부였고 그 직업에 익숙했어요. 나를 낳은 뒤에는 따뜻하고 멋진 조리원에서 쉴 수 있어 기뻤다는 이야기만 들었지, 산후우울증에 관해선 암말 없었고요. 기형종이며 세포 분화 얘기는 믿은 적도 없답니다. 그러니까, 엄마는 늘 **정상**이었어요. 아무리 생각해도 손위 형제들과 나 사이 다른 점은 내가 손바닥에 작은 뼛조각을 들고 나왔다는 사실밖에 없구요…….

여기까지 말하고 나면 어떤 만남이나 대화든 간에 분위기는 겸연쩍고 또 서글퍼졌다. 몇 차례 비슷한 대화를 겪은 후로 나는 이런 이야기를 좀 줄여야지, 생각하게 됐다. 그런데 그렇다면 대체 무슨 이야기를 한담?

물론 언제든 털어놓을 이야기는 있다. 내 도둑질에 관한 이야기다. 첫 번째 도둑질은 (엄마 말에 따르면) 태아-신생아 시절에 벌어졌으므로 전혀 떠오르지 않지만, 두 번째 도둑질에 관한 기억은 선명하다. 그것은 동네 시장의 과일 가게에서 벌어졌다.

그날 오후 나는 엄마의 손을 꼭 잡고서

시장 통을 거닐었다. 당시 나는 일곱 살 반
혹은 여덟 살. 그날 오후 엄마의 기분은
좋은 편이었고, 나도 덩달아 기뻤다. 엄마가
사준 날개 달린 모자를 쓰고 밑창이 빛나는
운동화를 신은 채 흥겹게 걸었다. 엄마는 시장
곳곳을 생쥐처럼 훤하게 꿰고 있었다. 우리는
시장의 동쪽부터 서쪽까지 조화롭게 들러
팬티와 산나물 그리고 간장과 건어물을 샀다.
마지막 목적지인 과일 가게는 시장 바닥에서
가장 아름다운 장소였다. 층층이 쌓인 가판대
위에는 풍성한 색채로 무르익은

 딸기 토마토 무화과

 사과 청포도

 금귤(낑깡)

 등이 빛나고 있었다. 엄마와 가게
주인이 딸기 값으로 흥정을 벌이는 동안
나는 가판대 가장 아래쪽에 놓인 금귤을

바라보았다. 동그스름한 과실과 거기 맺힌
물방울이 오후의 봄볕 속에서 번뜩였다. 나는
어느 정도 한글을 익힌 상태였고, 덕택에
금귤(낑깡)이라는 글자를 모두 읽을 수 있었다.
귤은 아는데 금귤은 뭘까. 나는 생각했다.
금이 붙었으니 더 좋을 테지.

    토마토도 살 테니 좀 깎아줘요. 엄마가
말할 때 나는 가판대로 손을 뻗었다. 아니
이게 진짜 최저라니까. 가게 주인이 말할 적
나는 금귤 한 알을 손안에 쥐었다. 엄마는
결국 딸기를 제값에 사는 대신 몇 알의 대추를
덤으로 받았다. 가게 주인은 몰랐겠지만, 한
알의 금귤 또한 덤으로 내 주머니에 들어
있었다.

    엄마와 함께 돌아서 시장 골목을
되짚어가는 사이 나는 주머니 속 금귤을 수십
번 어루만졌다. 한참을 손바닥으로 문질러

금귤이 미끈미끈해지고 미지근해졌을 즈음,
그래서 이것을 그대로 먹어도 괜찮겠다는
확신이 들 무렵, 나는 잽싸게 금귤을 꺼내
입속 깊숙이 밀어 넣었다. 단번에 씹자 여태
겪은 적 없는 신맛이 머리를 울렸다.

    나는 멈춰 섰고 두 눈을 꽉 감았다. 몇 번
더 금귤을 깨물자 눈물이 솟구쳤다. 앞서가던
엄마가 뒤돌아보고 달려왔다. 왜 그래? 어디
아파? 혀 깨물었니? 금귤의 잔재를 꿀꺽
삼키고 눈을 뜨자 오만상을 쓴 엄마가 보였다.
혀 씹었냐니까, 입 좀 벌려봐. 목소리에
다급함이 묻어났다. 나는 입을 더 굳게
다물었다. 혀끝에서 시큼하면서도 어딘가
달짝지근한 맛이 서서히 휘발되고 있었다.
새빨개진 얼굴로 내 입을 벌리려 용쓰는
엄마를 보며 나는 깨달았다. 무언가를 훔치는
일은 필연적으로 신비롭고 흥미로운 상황을

불러오는구나 하고.

차차 나이가 들며 또 다른 사실도 알게 되었다. 신은 모두에게 한 가지씩의 재능은 준다. 가령—우리 언니는 똑똑하며, 오빠는 온화하다. 사실 순서를 바꿔 말해도 말이 된다. 그러니까—우리 언니는 온화하며, 오빠는 똑똑하다. 양측 모두 엄마의 뱃속에서 옴팡지게 얻어간 그 재능들이 내게는 전혀 주어지지 않았다. 대신 나는 다른 것을 가져갔다. 그것은 내 손바닥 위에서 희게 빛나던 자그만 뼈.

그때의 내가 어떻게 뼈를 훔쳤는지는 여전히 모르겠다. 떠올리려고 애써봤자 머릿속을 울리는 것은 아, 뼈가 아프다, 말하던 엄마의 목소리뿐. 결국 첫 도둑질은 기억해내지 못했으나 내가 뼈를 비롯한 온갖 것을 훔칠 수 있다는 사실은 금방 깨우칠 수 있었다. 이 분야에서만큼 나는 재능이 있다는 말로도 부족했다. 나는…… 나는 재능으로 충만했다.

    1미터 남짓한 키로 초등학교에 들어가 2차 성징이 거의 마무리된 상태로 고등학교를 졸업하기까지의 몇 년간, 나는 내 재능이 확장되는 범위와 한계를 알아갔다. 실험할 기회는 무궁무진했다. 나는 교실 곳곳에 무분별하게 놓인

    일본제 샤프와 지우개

    로드숍 틴트와 은반지

    동전과 지폐

    등을 내 주머니와 사물함 속으로 싹 끌어들였다. 나는 긴장하지 않았고, 무리하지 않았으며, 초조해하지도, 나대지도, 주눅 들지도, 섣부르지도, 겁먹지도 않았다.

나는 극도의 의연함과 차분함 그리고 평화 속에서 모든 물건을 훔쳤다. 물건의 원주인 몇몇은 자신이 뭔가 잃어버렸다는 사실을 깨달았지만, 더 많은 이는 무엇이 제 품에서 사라졌다는 사실조차 눈치채지 못했다.

    다달이 실험을 하며 알아낸 결론은 이러했다. 나는 두 주먹으로 쥘 법한 크기, 즉 양손에 숨길 만한 사물이라면 언제든 자유로이 낚아챌 수 있다. 반면 양손에 담을 수 없는, 다시 말해 두 손바닥의 합산보다 큰 사물을 낚아챌 때면 늘 끝이 좋지 않았다.

    들킨 것은 아니다. 이 사실은 내 양손을 걸고 당당히 말할 수 있다. 10대 시절 내내 셀 수 없는 사물을 낚아챘으나, **내가** 훔쳤음을 들통난 적은 한 번도 없다. 다만 누군가 무엇을 **훔쳤음**은 서너 번 드러났다. 모두 내가 양손보다 큰 물건을 훔쳤을 때 벌어진 일이었다.

당시 나의 활동 반경은 주로 교실이었으므로, 선생들이 경찰과 검찰 역할을 했다. 그들은 단상 옆에 서서 엄중한 목소리로 말했다. 눈 감고 손 들어. 지금부터 가방 뒤진다. 유달리 윤리를 중시하던 한 선생은 교실의 모든 사람을 운동장에 세워놓고 도둑이 자백하기 전까지 아무도 이 땅에서 벗어날 수 없다고 일렀다. 뙤약볕 아래 서서 땀을 줄줄 흘리던 나의 짝꿍은 남자애들 몰래 데오도란트를 뿌리며 말했다. 개같은 도둑 새끼. 나오면 팔다리를 쪼개버릴 거야. 나는 왜인지 신맛이 잔뜩 배어나는 침을 삼키며 말했다. 도둑 새끼, 손가락 분질러버려.

맹세컨대, 나는 지나친 욕심을 부려 양손보다 큰 물건을 도둑질한 게 아니었다. 당시 내가 훔쳤던 사물들이 무엇인지 들으면 이해할 수 있을 것이다—전교 끝자락에서 놀던 여자애의 공책 더미, 축구부 애들이 번갈아 쓰던 방석, 담임의 벗어진 머리를 감추던 야구 모자, 윤리-중시 선생님이 교실 풍경을 화사하게 만들겠다며 창가에 세워둔 베고니아 화분…….

사실 내가 가져오기 전까지 그것들에겐 아무런 가치도 없었다. 그 모든 사물은 도둑질 이후에야 숨겨진 빛을 들킨 양 주목받기 시작한 것이다. 그러니 내가 그것들이 **필요해서** 혹은 그것들을 **원해서** 훔친 게 아니라는 말을 믿어주었으면 한다. 내가 그것들에 손댄 이유는 오로지 나의 한계를 넓히기 위해서였다. 물속에서 유난히 빠른 아이가 배영과 평영을—나아가 접영까지 서둘러 익히듯, 수학을 잘하는 아이가 다음 학년의 문제집을 슬쩍 들여다보듯, 나 또한 내가 어디까지 할 수 있는지 알아보고 싶었다.

스물이 넘은 뒤로 내 재능은 그야말로 활짝 피어 신의 가호를 받는다는 표현이 어울릴 수준에 다다랐다. 무사히 유년기를 통과한 내 손은 고정된 모양과 크기를 갖췄고, 손바닥과 손가락 길이의 균형도 안정적으로 배분되었다. 성인 여성 평균 크기의 양손으로도 훔칠 만한 사물은 세상에 쌔고 쌨다. 나는 계속하여 차분하고 겸손한 태도로 물건을 훔쳤다. 들키지 않을 환경 역시 기막히게 골라냈다. 굳이 애쓰지 않아도 나는 언제나 CCTV 사각지대에 서 있었고, 주위의 시선에서 금세 벗어났으며, 뒤탈 없는 물건들만을 주머니 속에 들여놓았다.

그런고로 제 도둑질을 들킨(얼마나 수치스러운 말인가!) 이들의 인터뷰를 볼 때마다 나는 고개를 갸웃거리곤 했다. 가난 때문에 무언가를 훔쳤다거나 미운 마음에 물건을 빼돌렸다는 사정은 받아들일 수 있었지만, 스릴과 고양을 얻고자 일을 저질렀다는 도둑들은 도무지 이해되지 않았다. 역시 양손을 걸고 맹세하건대, 그때까지 나는 도둑질 속에서 어떤 고양도 스릴도 느낀 적 없었다. 외려 도둑질하는 동안 내 마음을 사로잡는 것은 드넓은 평화와 안전감이었다. 명동이나 강남 한복판의 붐비는 가게에서 손바닥만 한 물건을 훔칠 때면, 내가 지고지순한 녹색 초원 위에 서 있는 듯 느껴졌다. 갓 도둑질한 사물을 주머니에 넣는 순간이면 막 비행을 시작한 새 떼의 날갯짓 소리까지 들을 수 있었다. 무엇을 훔칠 때에야 나는 비로소 안전했고, 그런 만큼 진정으로 자유로웠다.

여기까지 설명했으니…… 생전 처음 도둑질을 들킨 날 내가 느낀 암담함을 이해할 수 있을 테다.

나중에 알게 된 사실이지만, 그날 성준은 꽤 긴 시간 나를 주시했다. 우리 둘 다 각자의 동네에서 멀리 떨어진 P도서관 3층, 제2열람실에 앉아 있었다. 나는 천변이 내다보이는 창문 앞 책상에, 성준은 바로 그 뒤쪽 책상에 자리 잡은 상태였다. 무수한 영문 활자를 훑던 성준의 눈은 언젠가부터 내 뒤통수로 향했다. 음침한 의도로 본 건 아니었어. 몇 주 뒤 그는 고해성사 하듯 말했다. 그저 몇 달 내내 본인만큼 꾸준히 도서관에 드나드는 사람은 무엇을 하는지 궁금했다고 했다. 내 앞에 놓인 기출문제집의 분야가 매일 바뀐다는 점 역시 그의 호기심을 자극했다.

이해할 만한 이유긴 했다. 그즈음 나는 9급 공무원부터 주택관리사, 전기기사, 사회복지사, 언론고시, 소방직, 경찰직 등 매일 다른 분야의 기출문제집을 사서 하루 단위로 번갈아 살피고 있었다. 성준이 내 뒤통수를 바라보던 순간도 마찬가지였다. 그때 나는 어떤 해답도 보이지 않는 문제들을 훑으며, 훔치는 게 유일한 재능인 사람의 미래에는 무엇이 있나…… 골몰하던 차였다. 아무리 고민해도 반지와 보석 그리고 금화 등을 훔쳐 저축하는 미래만 보였다.

머리를 비우고자 자리에서 일어나 제2열람실을 한 바퀴 돌았다. 100번부터 800번에 이르는 서가 사이를 누차 오가던 중, 벽과 맞닿은 책상에 엎드려 자는 뒤통수들이 보였다. 그중 한 사람의 손 옆에 반짝이는

색지로 포장된 간식들이 늘어져 있었다. 나는
붉은 종이로 감싼

    초콜릿

    을 조심스레 집어 주머니에 넣었다.

    다시 자리로 가려고 몸을 돌렸는데 한
남자가 코앞에 서 있었다. 그는 나를 위아래로
살핀 다음 엄지손가락으로 문밖을 가리켰다.
여우 몰이를 당하듯 함께 제2열람실을
나섰고, 문이 닫히자마자 이런 말부터 들었다.

    초콜릿.

    네?

    다시 갖다 두시죠.

    나는 주머니에 손을 넣었다. 오른 손가락
끝에 잘 포장된 초콜릿이 만져졌다. 방금까진
남의 것이었으나 이제는 완전한 내 것 같았다.
나는 맞은편 얼굴을 빤히 보았다. 나와
동갑이거나, 한두 살 정도 많아 보였다. 내가

물었다.

　　초콜릿 주인 아니시죠?

　　네.

　　근데 왜 갖다 두라 마라 야단이세요?

　　남자가 눈썹을 찌푸렸다. 그가 분명
일침을 놓을 듯한 얼굴로 입을 연 순간,
나는 울음을 터뜨렸다. 양손에 잡히기는커녕
온몸을 던져도 결코 막지 못할 크기의
설움이 덮쳐온 탓이었다. 설움은 신으로부터
버림받은 느낌과 함께 섞이며 나를
으스러뜨렸다. 나는 두 손으로 얼굴을 감싼
채 주저앉았고 말 그대로 꺼이꺼이 울었다.
바닥을 치고 머리를 때리며 눈물과 콧물을
줄줄 흘렸다. 열람실에서 곡소리를 들은
이들이 문을 열고 나와 눈을 흘겼다. 몇
사람이 속삭였다. 헤어졌나? 차였나. 남자가
찼나 봐…….

남자가 나를 번쩍 일으켜 세웠다. 이내 나를 업다시피 그 자리를 빠져나왔다. 그가 나를 이고 지며 도서관 계단을 쿵쿵 내려가는 동안에도, 출구를 지나 흡연 부스에 멈춰 설 때까지도, 나는 막 세상에 태어난 사람처럼 큰 소리로 울고 있었다.

흡연 부스는 텅 비어 있었다. 나를 벤치에 앉힌 남자가 오래달리기를 끝낸 사람처럼 무릎에 손을 짚고 헉헉거렸다. 그는 잠시 후 자판기로 가서 캔커피와 콜라를 하나씩 뽑아 왔다. 고르라는 듯 건네기에 전부 주머니에 집어넣었다. 남자가 헛웃음을 짓고서 말했다.
진짜 울었어요?
예.
왜 울었어요?
엄마가 떠났어요.

남자의 표정이 약간 변했고 목소리도 조금 갈라졌다. 어머니가요? 언제요? 나는 각종 체액으로 흠뻑 젖은 얼굴을 소맷자락으로 문질렀다. 3년 전에요. 남자가 잠시 입을 벌리고 주위를 둘러봤다. 애매한 평일 오후 시간대답게, 흡연 부스에 있는 사람은 우리뿐이었다.

　　남자가 물었다. 그래서 훔친 거예요?

　　뭐라고요?

　　어머니가 3년 전에 떠난 사실이랑 방금 도둑질 사이에 관계가 있느냐고요.

　　있다면 있고, 없다면 없죠.

　　어머니가 영영 떠나셨나요?

　　아니요. 1년에 몇 번은 만나요. 언니와 오빠는 저보다 훨씬 자주 만나지만.

　　왜 떠나셨는데요?

　　나는 재킷 양쪽 주머니에 든 콜라와

캔커피, 초콜릿을 만지작거렸다. 어떻게 나를 봤나요? 내 질문에 남자는 눈동자를 굴리더니 도로 물었다.

어떻게 봤냐고요?

네. 어떻게 내가 도둑질하는 걸 봤어요?

그냥 봤어요. 그러니까 돌려놓으라고 했죠.

언제 봤어요? 내가 물건을 볼 때? 들 때? 주머니에 넣을 때?

처음부터 봤는데요.

나는 다시 꺽꺽거리며 울었다. 미치겠네. 남자가 중얼거렸다. 나는 주머니에 넣은 캔을 하나 꺼냈다. 힘 빠진 손가락이 따개 위에서 자꾸 미끄러졌다. 남자는 캔커피를 훅 빼앗더니 따개를 딴 다음 다시 건네주었다. 지핀기에서 파는 캔커피가 으레 그러하듯 지독하게 달았고, 끄트머리에서는 쓰레기

냄새가 올라왔다. 이름이 뭐예요? 남자가 물었다. 내가 답하자 이쪽에선 묻지 않았음에도 제 이름까지 밝혔다. 성준이라고 했다.

 성준은 내 삶 곳곳에 돌발적으로 등장하기 시작했다. 알고 보니 그는 강 건너 지역구 주민이었고, 나보다 두 배는 긴 시간을 들여 P도서관에 오는 독종이었다. 일상에 거리를 둔 채 공부에만 매진하겠다는 심정으로, 매일 아침 검은 배낭을 메고 강을 건너온다고 했다.

 그는 오전 8시부터 오후 6시까지 도서관에 머물렀다. 오후 1시부터 한 시간 반가량 휴식하며 주변 식당과 카페 들을 서성이거나 산책했다. 문제는 이때의 반경이 나와 완벽하리만치 겹친다는 점이었다. 내 도둑질은 곧장 큰 위협에 처했다.

그의 말대로라면 전혀 의도하지 않았음에도, 성준은 내가 무엇을 훔치려 할 때마다 기막히게 나타났다. 그가 불쑥 등장해 립스틱이나 독일제 볼펜, USB, 열쇠고리, 자전거 전등 따위를 훔치려는 내 손목을 붙들 때마다 나는 막강한 스트레스에 시달렸다. 이것은 내게 가장 편안하고 친밀한 행위인데. 아니, 내게 편안하고 친밀한 행위는 도둑질뿐인데. 그런 일을 금지당하자 세상이 달리 보였다. 신이 날 버린 사이 세상도 몇 차례나 뒤집히고 뒤틀려 전연 모르는 얼굴로 변모한 것 같았다.

반면 성준은 늘 황당하다는 얼굴로 물었다. 대체 얼마나 많이 훔치려고요?

도둑질의 적발과 이에 대한 일갈을 모두 끝내고 나면, 성준은 나를 흡연 부스의 자판기

앞 또는 도서관 맞은편의 카페로 데려갔다. 내게 율무차든 아메리카노든 한 잔씩 사준 다음에 이것저것 꼬치꼬치 캐묻곤 했다. 내 도둑질의 역사나 훔친 물건의 목록, 미래 계획 따위에 관한 질문이었다. 물음의 연쇄가 끝나면 그는 내게 양심으로 가득한 밝은 앞날, 무엇도 훔치지 않으므로 올곧고 당당할 수 있는 삶을 상상해보라 이야기했다.

    성준의 기계들에 고루 저장된 동영상만 아니었더라면 그토록 굴욕적인 시간을 견딜 필요는 없었으리라. 하나 성준은 나를 두어 번 붙잡은 이후부터 동영상 촬영을 시작했고, 내가 가판대나 진열대 위 물건을 낚아채려던 각종 순간은 그의 핸드폰과 클라우드 그리고 드라이브에 선명한 화질로 기록됐다. 성준은 내가 조금이라도 그의 설교에 지루한 기색을 보일 때면 눈썹을 일자로 만들고 말했다.

집중해요. 지금 묶인 처지면서…….

언제부턴가 성준은 나와 본인 사이에 정말로 보이지 않는 매듭이 있는 양 굴었다. 매듭이 점차 질기고 단단해지면서 성준 또한 제 이야기를 꺼내기 시작했다. 장광설은 아니었지만, 은연중 흘리는 몇몇 일화만으로도 그의 삶을 짐작할 수 있었다. 말하자면 성준은 크리스마스 전구처럼 번쩍이는 재능으로 온몸을 꽁꽁 싸맨 채 태어난 사람이었다. 공부면 공부, 운동이면 운동, 악기든 컴퓨터든 할 것 없이 쉽게 익히고 그 사실에 멋쩍어하며 웃는……. 그를 감싼 재능들이 어찌나 자잘하게 빛나던지 각종 조기교육의 희생양이 되었노라고도 했다.

심지어 성준은 문제집 한 권을 사면 모두 풀 때까지 새 책을 사지 않는 사람이기도 했다. 너덜너덜한 문제집의 권수가 쌓일수록 그의 재능은 더 높은 광도로 번쩍였고, 성준이 향할 수 있는 미래의 갈래 역시 늘어나는 듯 보였다. 역으로 그런 탓에 대학을 졸업하고도 1년 내내 어느 미래를 택하여 사는 게 좋을지 고민 중이라고 했다. 선택지가 지나치게 많은 사람의 아이러니한 비극이랄까.

그럼 본인 앞날이나 잘 챙기지 왜 나한테 난리야?

내가 묻자 성준은 또다시 황당해하는 얼굴로 말했다. 볼 때마다 뭘 훔치는데 그걸 그냥 놔둬, 그럼? 내가 입을 다물자 그는 다시금 이것저것 캐묻기 시작했다. 얼마간 체념한 내가 이러저러한 방향으로 삶이 흘러왔노라 말하니 곧장 반색한 얼굴로 말했다.

봐. 도둑질 말고도 재능 많네. 수영도

잘했고, 수학경시 대회에서 상도 받고.

고만고만한 수준이야. 빈말로도 잘한다고는 할 수 없어.

그럼 도둑질은?

그건 거의 세계 선수급이지.

혼자 너무 부풀린 것 같은데.

뭘 안다고 지껄여.

세상엔 아무 재능 없는 사람도 많은데, 넌 아니잖아. 너는 할 수 있는 게 아주 많아 보여.

나는 실실 웃었다. 아무 재능 없는 사람을 만나본 적은 있어? 내가 묻자 성준은 몸을 깊숙이 숙였다. 매일 만나지. 그가 속삭였다. 내 형이거든.

성준은 핸드폰을 열더니 사진 한 장을 보여주었다. 고등학교 졸업식에서 찍은 사진이었다. 눈으로 뒤덮인 한겨울 운동장에 교복 차림을 한 두 사람의 성준이 서 있었다.

양쪽 얼굴 사이에는 아무런 차이도 찾아볼 수 없었다. 내가 고개를 들자 성준이 말했다. 일란성 쌍둥이야. 그가 사진의 오른쪽 얼굴을 짚었다. 애가 나보다 1분 먼저 태어났어. 성준은 형이 그 1분간 지나치게 고된 사투를 벌이느라, 엄마 뱃속에 좋은 걸 모조리 남겨버린 것 같다고 했다.

    그럼 뱃속에 남은 건?

    다 내 몫이 됐지.

    성준은 농담처럼 말했으나 나는 웃지 않았다. 대신 눈 내린 운동장에 나란히 선 두 얼굴을 바라보았다. 나와 뼛조각이 그러했듯이, 이들 또한 양수 속에서 함께 도사리다가 한날한시에 튀쳐나온 것이다. 똑같은 얼굴의 두 아기가 빨간 몸을 비틀며 우는 모양새가 그려졌다. 한쪽에는 뱃속에서부터 재능의 크리스마스 전구를 온몸에 치렁치렁 감고 있는 아기 하나. 그 옆에는 뱃속에서 무엇도 챙기지 못한 채 그저 성급히 태어나버린 아기 하나.

    이름은 성구야.

    성준이 말했다.

    무엇도 훔치지 못한 기간이 몇 달로 늘어나자 나는 점점 초조해졌다. 몸의 가장 깊은 안쪽, 나를 처음부터 구성하고 있던 무언가가 나로부터 이탈하는 느낌이 들었다.

    이대로는 안 돼. 홀로 되뇌며 집에서도 P도서관에서도 먼 번화가로 향했다. 각종 상점이 포진한 길거리를 빙빙 맴돌다가 드러그스토어에 들어갔다. 가장 구석의 진열대에서 치실 한 통을 훔치려던 내 손을 성준이 **또다시** 붙잡았을 때, 나는 **한 번 더** 울음을 터뜨렸다.

그건 여러모로 결정적인 그림처럼 느껴졌다. 성준이 나와 치실의 만남에 끼어든 바로 그 순간—그것은 내게 단 하나의 재능만 준 남루한 신이 성준의 몸에 재능의 별자리를 두루 둘러준 윤택한 신에게 최종으로 패배하는 장면 같았다.

내가 엉엉 우는 동안에도 성준은 별다른 말 없이 서 있었다. 첫 만남 때처럼 나를 걸머메고 달아나거나, 캔커피를 사주는 식의 행동도 일절 없었다. 그는 그저 내 어깨를 조심스레 붙들고 말했을 뿐이다. 자, 신고하기 전에 나가자.

그와 나란히 드러그스토어를 나온 뒤에도 눈물은 멎지 않았다. 성준이 내 어깨를 방향키 잡듯 이리저리 돌려가며 주택가 사이의 골목으로 데려갈 즈음에야 울음이 좀 잦아들었다. 나는 코를 삼키고 물었다. 날 좀

그냥 놔두면 안 될까? 성준은 답하는 대신 텅 빈 골목길을 둘러보았다. 잠시 후 그가 말했다.

보여줄 게 있어.

성준이 매일 갖고 다니던 검은 배낭을 앞으로 돌려 멨다. 안주머니를 열더니 매우 무람하고 느린 손짓으로 상자 하나를 꺼냈다. 간유리처럼 반투명하고 스트레스 볼처럼 우둘투둘한, 뚜껑 달린 상자였다. 크기는 프러포즈용 반지 상자와 비슷해 보였다. 얼빠진 나를 향해 성준은 상자의 뚜껑을 열어 보였고

플라스틱 눈

이 나와 눈을 맞췄다.

눈은 내가 처음으로 훔쳤다던 뼈를 떠올리게 했다. 끝내 기억하진 못했으나 그 순간을 너무 자주 또 오래 상상한 덕에, 나는

당시 손에 쥐었다는 조각의 모습을 낱낱이 그릴 수 있었다. 주먹을 굳게 쥐었다고 했으니 피에도 태지에도 물들지 않았을 테다. 그저 해변에 오래 괴였던 조가비처럼 희고 조그마하며 반들반들했으리라. 여기저기 울퉁불퉁한 표면은 묘하게 리드미컬한 아름다움을 풍겼을 것이다.

    상자 속 눈에도 그처럼 기묘한 아름다움이 있었다. 누군가 그 눈을 오래 또 무수히 되새긴 덕에—눈은 지금처럼 섬세한 형태로 내 앞까지 다다른 듯했다. 플라스틱과 왁스, 오일 등으로 만들어진 의안은 아주 정교했고, 누군가의 얼굴에서 갓 꺼내 온 양 반짝였다. 동공은 진한 감색이었으며 흰자 가장자리마다 모조 핏줄이 서화의 잔가지처럼 세밀하게 그려져 있었다.

    누구 거야?

엄마 거야.

성준은 상자를 제 품으로 끌어당겼다. 상자 속 눈은 I시의 특허 기술로 만든 의안으로, 성준의 엄마가 대학교 1학년 시절부터 쓰던 것이라고 했다. 이듬해 대학 축제 부스에서 그를 처음 만난 성준의 아빠는 이 눈을 보자마자 녹록지 않은 사랑에 빠져들었다.

가짜 눈인 걸 안 뒤에도 아빠는 전혀 개의치 않더라고 했어. 성준은 말했다. 그것은 그 자신과 성구도 마찬가지였다. 의안이든 아니든 간에, 쌍둥이의 엄마는 누구와도 다른 방식으로 타인과 눈을 맞출 줄 알았다. 그의 시선은 각종 재능의 빛으로 몸을 휘감은 성준에게도, 반짝임이라고는 일절 없이 맨몸뚱이로 뛰어다니는 성구에게도 공평하게 주어졌다.

그러므로 그가 세상을 떠난 후 형제는 이 눈을 갖기 위해 치열한 싸움을 벌였다. 물론 싸움이 벌어질지언정 승부는 되지 않았다. 성구는 성준에게 말로도, 논리로도, 감정의 설파로도 모두 패했다. 성준은 곧바로 눈의 주인이 되었고, 레진으로 특수 제작한 상자에 늘 엄마의 눈을 보관했으며, 어딜 가든 그것을 가지고 다녔다.

성준은 제 손바닥 위의 눈을 들여다보다가 고개를 들었다. 나와 눈이 마주치자 그는 말했다.

이게, 이 눈이 내가 가야 할 길을 알려줘.

나는 침을 삼켰다. 몇 개의 질문이 목구멍 아래에서 근질거렸다. 그러니까 너는 원하는 것은 늘 그런 식으로, 승부를 보면서, 상대에게 패배를 안겨주는 방식으로 얻었던 거니? 그냥 훔치면 되지 않았을까?

성준이 상자의 뚜껑을 닫았다. 엄마는 늘 내게 성구를 잘 챙겨달라고 했어. 그는 말했다. 걔가 올바른 길로 가게 도와주라고. 성준이 제 손끝으로 내 손등을 가볍게 쳤다.

사미야, 난 널 볼 때마다 성구가 떠올라.

그때 나는 손등에 닿은 성준의 손끝을 되새기고 있었다. 진정으로 단 한 번도 무엇을 훔쳐본 적 없는 사람만의, 정직하게 서투른 접촉이었다. 사미야……. 내가 고개를 들자 성준은 입술을 달싹였다. 어느새 살짝 충혈된 눈은 상자 속 눈과 똑 닮아 있었다.

너 꼭 이런 식으로 살아야만 해?

참 나, 외치고 나는 집으로 돌아갔다. 이튿날 아침에도 참 나! 코웃음 치며 일어났다. 사흘째가 되자 어쩐지 우울해졌고, 나흘째부터는 어딜 가도 성준의 질문과

플라스틱 눈이 나를 쫓아다녔다. 닷새째는 P도서관 측으로 발도 들이지 않고 동네 어귀만 빙빙 도는 마을버스에 올라탔다. 아무 정류장에나 내려 각종 편의점과 할인마트, 빵집과 반찬 가게, 전자기기와 액세서리를 파는 매장 따위를 돌아다녔다. 이상하게도 눈앞의 무엇 하나 쉽사리 건들 수 없었다. I시에서 특수 개발한 재료로 만들었다는 마카롱이나 새로 나온 무선 이어폰 따위는 한 손으로 충분히 거머쥘 수 있었음에도 그랬다. 손을 뻗으려 하면 그 목소리가 느닷없이 귓바퀴를 울렸다. 너 꼭 이런 식으로 살아야만…….

    그러므로 이레째 되는 날, 우리 집 앞 골목에 찾아온 성준을 보자마자 나는 어떻게든 선빵을 치겠노라 다짐했다. 솔직히 말하면 소매치기든 날치기든 저질러보겠다는 생각까지 했다. 이전까지는 누군가 몸에 지닌 물건은 훔친 적 없었다. 가방이든 주머니든 간에, 몸에 실린 물건을 낚아채는 일은 상대의 몸속 기관을 빼돌리는 것처럼 찜찜하게 느껴진 까닭이었다. 그렇지만 저놈에게라면 괜찮다, 할 수 있을 테다. 나는 양손을 쥐고 펴기를 반복하며 성준에게 다가갔다.

가까이 다가가자 조금씩 이질감이 들었다. 성준은 평소와 아주 달라 보였다. 매일 단정히 가라앉혔던 머리가 부스스한 걸 넘어 굽슬굽슬했고, 한 번도 본 적 없는 형광색 후드까지 입고 있었다. 결정적으로 눈이 마주치자 어딘지 깎여나간 사람처럼 멍한 표정으로 나를 바라보았다. 그는 한참 후에야 어! 소리를 내더니 만면에 미소를 띠었다.

그가 물었다. 사미 씨 맞지?

나도 물었다. 성구?

성구가 한층 더 활짝 웃었다. 성준에게서는 전혀 본 적 없는 형태의 미소였다. 조금 더 살펴보니 역시 성준에게는 없던 콧잔등의 붉은 점이 눈에 띄었다.

내가 다 찾아냈지. 성구는 그렇게 말하고 나를 동네 변두리의 어두컴컴한 술집으로 데려갔다. 녹색 벽이 묘하게 불그스름하고, 다홍색 식탁에서 희미한 이끼색이 감도는 장소였다. 나는 지금도 그곳을 아주 비싼 술집으로 기억하는데, 성구가 그 사실을 몇 번이나 강조했기 때문이다. 야, 여기 진짜 비싸다. 지금 마시는 거 한 잔에 10만 원은 해.

내가 군소리 없이 술을 홀짝이자 성구는 본격적으로 말하기 시작했다. 그의 언변은 썩 좋은 편이 아니었다. 이야기는 계속 같은 자리를 맴돌다가 몇 가지 사건을 훅 뛰어넘었고, 허둥지둥 원점으로 돌아오기도 했다. 성구의 장광설은 자신과 성준, 너무 이르게 떠난 엄마와 고집스러운 아빠, 쌍둥이로서의 고충과 외로웠던 10대 그리고 20대를 지나 한 가지 이름에 도착하면서 끝났다.

    앤젤라.

    성구는 핸드폰을 켜고 배경화면을 보여주었다. 야구 모자를 쓴 금발 여자가 화면 정중앙에 서 있었다. 아름답지? 그렇게 말한 뒤 성구는 몇 장의 사진을 더 보여줬다. 키가 크고 콧대가 뚜렷한 앤젤라가 성구와 입 맞추거나, 홍대 거리와 성수동 팝업 카페 앞에서 입을 쫙 벌린 채 웃고 있었다. 너무 섹시하지? 성구는 핸드폰을 주머니에 넣으며 말을 이었다. 앤젤라는 말이야. 샌디에이고 여자야. 한국에 배낭여행 왔을 때 만났어. 성구는 몸을 기울여 나와 눈을 맞췄다.

이 여자와 같이 살 거야. 미국에서 말이야.

나는 반쯤 비운 술잔을 내려놓으며 말했다. 축하해. 성구가 코를 양옆으로 비볐다. 성준이가 네 얘기 했어. 도둑질을 기가 막히게 한다면서? 술잔 속의 표면은 가라앉을 기세 없이 흔들렸다. 내 얘기를 했다고? 내가 되묻자 성구는 재차 웃었다.

그 새끼 별로지?

성구가 또다시 말을 늘어놓았다. 초콜릿을 낚아채려던 나를 붙든 바로 그날부터 성준은 성구에게 내 이야기를 늘어놨다고 했다. 도심 한복판에서 삵이나 펭귄을 마주친 사람처럼 상기된 얼굴로 거실 소파에 앉아, 내 말투며 행동을 주절주절 따라했다는 것이었다. 실제로 성구는 나와 성준의 길지 않은 교류에 관해 낱낱이 알고 있었다. 이야기의 세부 요소는 꾸며냈을지 몰라도 성준에게 내 말을 들었다는 건 사실인 듯했다. 성구가 진실해 보였기 때문이 아니라, 그에게 거짓말하거나 이간질을 이끌 지성 따위가 없어 보였기 때문이다. 그는 며칠 전 나와 성준의 마지막 만남까지 되감고서 말했다.

걔가 너 도둑질하는 영상 갖고 있더라.

그런데?

내가 싹 지워줄게.

술잔 속 흔들림이 멈췄다. 나는 물었다. 왜? 성구가 내 잔을 가져가더니 입안으로 단번에 털어 넣었다. 그다음 빈 잔에 10만 원어치의 술을 다시 담아 돌려주었다.

나는 말이야……. 앤젤라 곁으로 갈 거야.

나는 장작 냄새가 풍기는 새 술을 한 모금 들이켰다. 식탁은 끈적거리고 배경음악은 요란했으나, 술만은 정말로 좋은 술 같았다. 뱃속이 달아오르고 목구멍이 홧홧한데도 머릿속은 한층 선명해졌다. 성구의 목소리도 뚜렷하게 들렸다. 난 한국엔 미련 없어. 아빠도 동생도 저들밖에 몰라. 사랑이 뭔지도 몰라. 나는 다르게, 엄마처럼 살 거야. 사랑 옆에서 여생을 보낼 거야. 그러나 딱 한 가지 마음 쓰이는 게 있다고 했다.

너, 우리 엄마 눈 봤다며?

어, 봤어.

그거 좀 훔쳐주라.

단숨에 거절했으나 성구는 물러서지 않았다. 먼저 그는 동정에 호소했다. 아무리 생각해도 고향에 별다른 정은 없지만, 어린 자신을 내내 보호하고 아끼던 어머니의 눈을 두고 가려니 마음이 찢어진다고 했다. 내가 한 번 더 거절하자 성구는 온갖 수를 꺼내 들었다. 성준의 핸드폰부터 랩탑까지 탈탈 털어 모든 자료를 지워주겠다는 열변부터,

그놈은 너더러 안전한 물건만 훔치는 좀도둑이라던데 얄밉지도 않으냐—그러니 우리가 뭔가 보여주어야 한다는 질문 및 호소, 갑자기 소파에서 일어나 바닥에 무릎을 냅다 꿇어 보이는 퍼포먼스까지.

나는 어느새 이마와 턱까지 불콰해진 성구의 얼굴을 보았다. 콧잔등의 점을 빼면 성준과 한없이 똑같은 얼굴이었다. 며칠 전 나더러 꼭 그렇게 살아야만 하냐고 묻던 얼굴이 당장은 한없이 비굴한 작태로 내 재능을 요청하고 있었다.

알겠어, 할게. 내가 말하자 성구가 벌떡 일어섰다. 나는 덧붙였다. 대신 나도 미국에 데려가. 성구가 눈동자를 굴렸다. 너를? 나는 고개를 끄덕였다. 숙식을 제공하고 용돈도 조금 달라고, 취업 준비고 뭐고 지겨우니 한 달 정도 머물고 싶다고 말했다. 성구가 웃음을 터트렸다. 농담이 아니라고 말해도 웃음은 멈추지 않았다. 한참 껵껵거린 후에야 그는 입을 열었다.

근데 진짜 훔칠 수 있어? 훔칠 때마다 성준이한테 매번 들켰다면서.

하면 왜 부탁했느냐는 물음이 곧장 차올랐지만, 지그시 참아낸 다음 말했다. 문제없어. 누구한테 들키는 일과 누구의 것을 훔치는 일은 다른 문제니까. 스스로 생각하기에도 헐거운 설득이었으나 성구는 더 따지지 않았다. 그래 좋아. 대신 들키면 다 네 책임. 그렇게 말하며 어깨를 으쓱이는 모습만은 기분 나쁘도록 성준과 닮아 있었다.

성준에게 문자를 보냈다. 도둑질을 그만둘게. 얼마간 시차를 둔 후 다음 문자를 전송했다. 그 전에 내가 훔친 것들을 보여주고 싶어. 성준의 답장은 예상보다 빠르게, 흔쾌한 어조로 왔다.

내가 눈을 훔쳐달라는 제안을 두 번째로 거절했을 때, 성구는 대사를 준비해온 양 외쳤다. 야, 성준이한테 들었어. 넌 뭐든 훔칠 수 있는 양 굴어놓고 실은 진짜로 귀하거나 위험한 건 훔치지 않는다고. 곧이어 그는 내게 귀금속 매장이나 백화점 조명 아래 놓인, 손가락만 한 크기여도 값어치가 어마어마한 사물들을 훔치려고는 해보았느냐 물었다. 나는 대답하지 않았고 성구는 흡족한 표정을 지어 보였다. 거봐. 성준이 말이 맞네. 너는 간이 요만한 좀도둑이야. 내가 계속 침묵하자 성구는 곧 무릎을 꿇을 기세로 일어서며 말했다. 야아, 사미야. 그게 아니란 걸 증명해야 하지 않겠어?

막상 우리 집에 온 성준은 전혀 그런

비방을 할 인물로 보이지 않았다. 그는 어둑한 현관에 서서 호기심 어린 눈길로 거실을 훑었다. 아무도 안 계셔? 내가 그렇다고, 아빠는 요새 애인 집에서 살다시피 하고 언니와 오빠는 독립한 지 꽤 오래되었다고 말하자 성준은 고개를 끄덕였다. 그럼 네가 이거 다 먹어. 그렇게 말하며 내민 손에는 수입 마트에서 산 과일 바구니가 들려 있었다. 풍성한 색채로 무르익은 망고와 체리, 알알이 빛나는 포도송이 그리고 왜인지 그 사이에 끼어 있는 금귤.

 그를 내 방으로 데려가 방 한편을 가득 채운 벽장을 열어 보였을 때, 나는 떨고 있었던가? 그랬던 것도 같다. 뒷짐을 진 성준이 벽장의 양옆과 위아래를 훑을 때도 나는 내 양손을 으스러뜨릴 듯 맞잡은 채로 서 있었다. 누군가에게 이 벽장을 보여주는 것은 처음이었다.

총 여섯 단짜리 서랍에는 말 그대로 나의 10대와 20대가 고스란히 담겨 있었다. 채 절반도 쓰지 않은 동급생들의 오색찬란한 틴트와 아이섀도부터, 처음 아르바이트한 PC방에서 도둑질한 광마우스와 유선 이어폰, 엄마가 새로 이사한 집의 수납장에서 맘껏 훔쳐 온 찻잔과 담뱃갑, 처음 홀로 여행하며 들른 숙소에서 꼼꼼히 챙긴 방향제와 티백 등. 성준은 물건 하나하나 유심히 살폈으며, 그의 등 뒤에서 함께 사물들을 훑던 나는 새삼 깨달았다. 성구의 말이 맞다는 사실을.

정확히 말하면 성구가 들었다던 성준의 말이 맞았다. 나는 나의 온 삶 내내, 가장 귀하다고 느껴지는 재능을 품에 안고, 그야말로 하찮으며 무가치한 물건밖에 훔치지 않았다. 나는 단 한 번도 나와 내 재능을 진정한 심판대에 올리지 않았다. 나는 좀도둑이었다.

성준이 마침내 벽장을 등지고 섰다. 나는 또 울지 않기 위해 발끝만 내려다보았다. 그럼에도 성준이 꽤 오래 나를 응시하고 있음은 알 수 있었다. 그는 다시 몸을 돌렸고, 나와 벽장을 번갈아 보길 수차례 거듭하고서야 입을 열었다.

대단하네.

너 정말 많은 걸 훔쳤구나.

나는 모로 고개를 들어 그와 눈을 맞췄다. 플라스틱이나 왁스로 만든 눈이 아닌데도, 분명히 나와 같은 구조와 재료로 만들어진 기관임에도, 성준의 눈 안에 일렁이는 게 무엇인지 대관절 알 수 없었다. 순수한 찬탄인지 혹은 결코 위험을 무릅쓴 적 없는 도둑에 관한 경멸인지 또는 뭣도 아닌

무관심인지.

성준이 벽장의 문을 닫았다. 어찌나 조심스러운 폐쇄였던지 닫히는 소리는 거의 들리지 않았다. 벽장 안에 든 가장 가벼운 물건조차 흔들리지 않을 듯했다.

잘 봤어.

성준이 말했다. 마치 누가 그린 그림이나 직접 쓴 글에 관해 말하는 사람처럼. 결국 눈시울 안쪽이 홧홧하게 달아올랐다. 나는 오른발로 왼발을 힘껏 눌렀다.

그와 함께 집을 나와 지하철역으로 가는 중에도 수치심은 술기운처럼 울렁였다. 나는 내가 아닌 다른 이와 함께 본 벽장 속 우주가 어찌나 어설펐는지 여러 차례 곱씹었다. 몸이 저리도록 실감할 수 있었다. 그 안에는 아무런 희생도, 용기도, 심지어 재능조차 없었다. 벽장 안의 모든 사물은 어떠한 각오도 품지 않은 얌체가 안전지대 속에서 쑥쑥 빼돌린 것에 불과했다.

성준이 무어라 말하고 있었으나 들리지 않았다. 삼거리를 건너고 골목을 통과하는 내내 나는 복면을 두른 강도가 우리 앞에 튀어나오기만을 바랐다. 천으로 감싼 총을 들고 가진 것 다 내놔, 외치는 사람들 말이다. 그런 사람들을 마주치면 어떤 유형의 용기라도 배울 수 있을 것 같았다. 적어도 그들은 위험을 무릅쓰고 행동하는 도둑들이니까.

나는 이거 타고 갈게.

역 출입구가 보이자 성준이 말했다. 내가 고개를 끄덕였다. 성준은 몸을 좌우로 비틀며 내 표정을 살폈다. 너, 앞으로 정말 안 할 거야? 그러니까 그거…… 그거 말이야. 여전히 목 아래에서 수치심이 출렁였지만, 질문을 들으니 웃음이 나왔다. 나는 그래, 대답했다. 그래, 응, 이제 안 하려고. 네 덕이 크네. 그다음 성준을 향해 양팔을 벌려 보였다.

성준이 빠르게 눈을 깜박였다. 한참이 지나서야 그는 엉거주춤 다가왔다. 팔도 가슴도 거의 닿지 않는, 어깨 정도만 살짝 맞부딪치는 포옹이었다. 나는 왼쪽 어깨 아래로 비스듬히 흘러내린 성준의 배낭을 보았다. 한쪽 지퍼가 위로 반쯤 올라가 있었다. 틈 사이로 반지 상자와 비슷한 크기의 갑이 보였다. 한 손이면 충분히 거머쥘 만한 크기였다. 반투명한 뚜껑 아래에서 가짜 눈이 나를 응시했다.

이처럼 나를 기다려왔다는 눈길을 보내는 물건을 만날 때마다, 나는 늘 망설임 없이 행동했다. 다만 이번에는 조금 더 다른 규모의 각오를 들어야 했다.

포옹의 끝이 다가올 무렵 나는 왼팔을 뻗었다. 기억도 나지 않는 첫 도둑질 때부터 저 벽장을 가득 채운 수많은 절도에 이르기까지, 오른손과 마찬가지로 나를 한 번도 배신한 적 없는 왼손이 조용히 또 부드럽게 가방 안으로 들어갔다. 대단한 미인이며 눈 맞춤에 뛰어나 남편과 쌍둥이 아들의 사랑을 흠뻑 받았다던 여자의 눈은 금세 내 손안으로, 그리고 주머니 속으로 들어왔다.

공항으로 가는 내내 주머니 속 상자를 어루만졌다. 금귤 때와 달리 입안으로 집어넣진 않았다.

공항철도의 창 너머로 갖가지 풍경이 잽싸게 스쳐 지나갔다. 번득이는 은빛 플랫폼들부터 무성한 풀숲과 그 너머 논밭,

신도시부터 고가도로 아래의 바다까지……
성준에게서 끊임없이 전화가 와서 핸드폰을
꺼두었다. 이제 창밖으로 조그만 섬들과
풍차, 남근을 닮은 조형물 따위가 보였다.
멀찍이 떨어진 모든 것은 몹시 조그마해서 한
손으로도 간단히 낚아챌 수 있을 듯 보였다.

성구는 출국장에서 나를 기다리고
있었다. 광고용 차 모형 옆에 서 있는 그를
마주한 순간 속이 덜컥 내려앉았다. 콧잔등에
찍힌 붉은 점을 봤는데도, 성준이 또 한
번 불쑥 나타난 기분이 들었다. 핸드폰을
끄기 전 화면에 연거푸 도착하던 성준의
문자들이 아른거렸다. 제대로 보진 못했으나
엄마라는 단어가 여러 차례 찍혀 있었다.
내 엄마에 관한 말이었을지 제 엄마에 관한
말이었을지는 모르겠지만.

나를 발견한 성구가 손을 흔들었다.

나는 배낭을 실은 카트를 힘껏 밀었다.
덜그럭덜그럭 요란한 소리를 내며 성준의
쌍둥이 앞으로 다가가 섰다.

눈은?

게이트 앞에 도착하면 줄게.

성구는 그의 동생이라면 절대 짓지
않을 표정으로 눈을 흘기더니, 품에서
구깃구깃한 봉투를 꺼냈다. 성구와 내 이름이
적힌 항공권과 보험 증표가 나란히 들어
있었다. 비행기는 샌디에이고로 곧장 가는
직항이었다.

수하물을 맡기고 출국 심사대를 지나는
중에도 성구는 말을 멈추지 않았다. 처음은
성준에 관한 이야기로 시작했다. 지금쯤
그가 얼마나 약 오를지, 우리 둘이 만난 것을
상상이나 할지, 평소 무시하던 두 사람에게
물먹었다는 사실을 깨달으면 어떤 기분이

들지……. 나는 바닥만 내려다보며 걸었다.
이윽고 성구의 이야기 주제는 앤젤라로
넘어갔다. 차라리 그편이 나았다.

 앤젤라는 말이야. 진짜 보기 드문 여자야.
너도 보면 알게 될 거야.

 게이트 앞에 다다른 내가 상자를 꺼내자
성구는 비로소 입을 다물었다. 그는 허둥지둥
상자를 받아 들었고 금세 충혈된 눈으로
뚜껑 안쪽을 살폈다. 곧 눈만큼이나 새빨개진
얼굴로 중얼거렸다.

 야아, 고맙다.

 성구는 갓 태어난 아기를 들듯 신중한
손길로 뚜껑을 열었다. 플라스틱 눈알을 보자
끅끅거리는 소리를 내며 침을 삼켰다. 그 순간
그는 자신이 지금 공항에 있다는 사실도,
이제 우리가 샌디에이고로 떠나리란 사실도,
그곳에 운명의 연인이 기다리는 중이라는

사실도 모두 잊은 듯했다. 나는 눈에 손끝조차 대지 못하고 발을 구르는 성구를 지켜보았다. 두 형제의 붉어진 눈을 모두 보고 나니 본래 저 플라스틱의 주인이었다는 여자가 참을 수 없이 궁금해졌다.

비행기 안에 자리를 잡은 뒤에도 성구는 상자 속의 눈만 들여다봤다. 어느 정도 시간이 흐른 뒤에는 눈동자를 향해 소리 없이 입을 벙긋거렸다. 자세히 관찰하지 않아도 무슨 단어를 읊는지 알 만했다. 그것은 내가 상당히 오랜 시간 사용하지 않은 호칭이었다. 그 호칭을 곱씹어보다가 퍼뜩 엄마에게 전화 한 통 하지 않았다는 사실이 떠올랐으나…… 어쩔 수 없었다. 비행기는 이미 이륙 중이었다.

사실 아직 말 못 한 이야기가 있다. 나름의 비밀이라고 해야 할까. 하나 여기까지 말하고 나니 숨기는 쪽이 더 우스운 것 같으므로 실토하겠다. 첫 번째 도둑질과 두 번째 도둑질 사이에 있던 이야기다.

그 일을 도둑질이라고 불러야 할까? 실상 뭔가 훔쳤다고 말하기에는 영 애매한 행위였으나, 훔치지 않았다고 말하기는 또 어렵다.

기억의 시작점은 어슴푸레하게 빛나던 창문. 엄마가 창가의 소파에 앉아 졸고 있다. 나는 아마 예닐곱 살이다. 집 곳곳을 돌아다닌 덕택에 온몸으로 땀 냄새를 풍긴다. 보일러를 켜놨던 터라 방바닥이 후끈후끈하다. 이마와 목덜미가 흠뻑 젖은 내가 소파로 기어올라 엄마의 옆구리에 파고든다. 아직은 엄마보다 한참 작은 몸이어서 그렇게 해도 그의 잠을 깨우지 않을 수 있다.

엄마의 팔 아래로 들어간 내가 엄마의

손바닥을 본다. 손 위에 누르스름하고 불그레한 조각이 하나 있다. 막 예닐곱이 된 내 새끼손톱과 엇비슷하거나 살짝 더 큰 크기다. 엄마는 가끔 안방 옷장의 가장 아래층 서랍에서 그 조각을 꺼냈다. 그것을 손바닥에 얹고서 오래도록 들여다봤다. 그 뼈가 본래 무엇이었을지, 어떻게 만들어졌을지, 자신의 몸에서 무엇을 앗아갔을지 확인하는 듯한 눈길이었다.

    나는 슬금슬금 손안의 조각을 건드린다. 엄마는 깨지 않는다. 어쩌면 잠든 척하며 나를 감시하고 있을지도 모른다. 그 가능성을 떠올리자 얼굴뿐 아니라 등줄기와 겨드랑이, 가슴골 사이까지 땀으로 축축해진다. 그럼에도 나는 포기하지 않는다. 직후 오래도록 내가 내지 못했던 용기를 낸다. 마침내 검지와 엄지로 뼛조각을 집어 든 후에 두루두루 살핀다. 이 조각과 나 사이에 어떤 차이점이 있는지 이해하고자 노력한다. 그즈음에도 엄마는 간혹 낯선 표정을 지으며 이런 말을 했기 때문이다. 네가 **이걸** 훔쳤어. **내 걸** 가져간 거지.

물론 그 무렵의 나는 기형종이 무엇이고 배아나 세포가 뭔지도 전혀 모른다. 다만 뼛조각도 나도 엄마의 몸에서 나왔다는 사실, 우리 둘 다 엄마가 먹은 것과 잠든 순간을 흡수하여 만들어졌다는 사실은 얼추 안다. 엄마, 그런데 나는 엄마의 것이 아니야? 머릿속과 혀끝에 필요한 언어들이 채 갖춰지지 못했으나, 그날의 나는 바로 이렇게 묻고 싶었다. 내가 엄마의 것이 아니라면 나는 누구의 것이야? 엄마는 누구로부터 날 훔쳐 온 거야?

나는 누르스름한 조각을 입안에 넣는다.

땀방울을 삼킨 양 짜고 눅눅한 맛이 난다.
그 상태로 한참 입을 우물거린다. 뼈를 씹지
않으려 조심하며, 혀끝으로 아래쪽 잇몸을
조심스레 민다. 이미 절반 넘게 빠져 있던
아랫니가 입술 밖으로 쑥 밀려 나온다.

    나는 혀 아래쪽에 뼈를 숨긴 채,
입술 밖으로 밀려 나온 아랫니를
꺼낸다. 마찬가지로 손톱보다 살짝 크고
노르스름하다. 뼈에 비해 축축하고 매끈한
모습이지만 시간이 지나면 뼛조각과 똑같은
모습으로 변할 테다. 마치 쌍둥이처럼.

    나는 엄마의 손바닥 위에 아랫니를
올려놓는다. 누구도 이 물물교환을 알아채지
못하리라, 근거 없이 확신하며 소파에서
내려온다. 당시부터 덜컹거리던 엄마와의
관계를 풀어보고자 아빠가 사 온 가죽 소파는
내 키에 비해 아직 높다. 제법 신중하게

내려왔음에도 막판에 균형을 잃어 퍽 엎어지고 만다. 바로 그때 내 혀 아래 귀중히 숨겨둔 조각이 몸 안으로 꿀꺽 사라진다. 목구멍을 지나는 얄팍하고 날카로운 감촉과 함께.

 나는 벌떡 일어선다. 땀이 순식간에 식는다. 파랗게 질린 얼굴로 헛구역질하고 손끝으로 목 안쪽을 찌른다. 캑캑거리는 소리에 눈을 뜬 엄마가 놀라 나를 본다. 그는 제대로 확인하지 못한 손바닥 안의 것을 얼른 바지 주머니에 감추고, 내 등을 두드리며 묻는다. 왜 그래? 뭐 잘못 삼켰어?

 나는 엄마의 말을 되새긴다. 잘못 삼킨 것. 그 표현을 곱씹을수록 계속하여 기침과 헛구역질이 나온다. 내가 처음으로 또 제대로 훔친 무언가를 잘못 삼켰다는 사실, 그로써 그것이 영영 내 손을 떠났다는 사실에 목

안쪽이 벅벅 긁히듯 아프다. 그리고 그 순간
나는 무언가를 잃어버리는 일이 얼마나
서러운지, 온몸으로 깨닫는다.

    샌디에이고 공항에 도착했을 때 세상은
하얗게 밝았으며 조금쯤 추웠다. 보조 가방에
미리 챙겨 온 바람막이 두 벌을 겹으로 껴입고
입국장에 들어섰다.
    성구와 앤젤라는 만나자마자 서로를
와락 끌어안고 얼굴 곳곳에 입을 맞췄다.
진공청소기 같은 두세 번의 키스가 끝난
뒤 앤젤라는 내 쪽으로 왔다. 사미, 와줘서
고마워, 반가워, 성구에게 이야기 들었어. 그가
아주 빠른 영어로 말하며 내 이마와 뺨에도
입을 맞췄다.
    앤젤라는 나와 성구를 잡아끌고
입국장 안쪽의 카페로 갔다. 공항에서 가장

맛있는 커피를 파는 곳이라고 했다. 아치문 너머의 탁자들은 갖가지 언어와 냄새로 시끌벅적했다. 앤젤라는 내게 커피를 사주며 말했다. 샌디에이고에 잘 왔어. 우리는 앞으로 더 친해질 거야. 같이 공원도 가고 쇼핑도 하자. 그리고 친구들, 내가 가장 좋아하는 사람들을 소개해줄게······. 앤젤라는 말이 몹시 빨랐다. 잇따른 영어 단어를 하나하나 이해하려 애쓰자니 진이 빠졌다. 마침 앤젤라가 색색의 장식을 주렁주렁 매단 핸드폰을 확인하더니 오, 하고 외쳤다.

    사미. 잠깐 기다려줄래? 우버 기사가 게이트를 잘못 찾았대.

    앤젤라는 한쪽 팔에 성구를 낀 채 카페를 나갔다. 우버 기사를 원래 약속한 게이트로 데려오겠다고 했다. 나는 여전히 얼이 나간 채로 커피만 홀짝였다. 앤젤라의 극찬이나 은연중에 든 기대와 달리, 한국의 커피 맛과 엇비슷했다. 그런 만큼 당장의 상황이 더욱 실감 나지 않았다. 얼마 전까지만 해도 성준과 함께 내 방 벽장 앞에 있었건만, 지금은 삶에서 가장 먼 거리를 이동해 고향과 별반 다르지 않은 커피를 맛보는 중이라는 사실이 머릿속에 들러붙지 않고 덜컥였다.

정신이 든 것은 내가 앉은 소파 옆이 텅 비었다는 사실을 깨닫고 나서였다. 나는 탁자 아래부터 들여다봤다. 소파 밑을 더듬기도 했다. 옷가지와 세면도구가 가득 든 배낭과 함께 여권, 비상금, 핸드폰으로 꽉 채운 보조 가방까지 송두리째 사라져 있었다.

나는 아치 모양의 카페 출입구를 나섰다. 환한 볕이 쏟아지는 공항의 창 뒤편으로 줄지어 선 야자수 무리가 흔들렸다. 온갖 고향에서 온 사람들, 또 각기 다른 목적지로 떠날 사람들이 나무그늘에 파묻힌 채 번잡스레 이동 중이었다. 나는 단거리 달리기 선수처럼 온 힘을 다해 뛰었다. 게이트 하나하나 살폈으나 성구와 앤젤라는 어디에도 없었다. 소파에 기어오르던 어린 시절만큼이나 땀으로 흠뻑 젖어 카페로 돌아오니 종업원이 커피 잔을 치우고 있었다. 나와 눈이 마주친 종업원이 깜짝 놀라 말했다. 미안, 떠난 줄 알았어요.

    괜찮아요. 나는 그렇게 말하고 다시 자리에 앉았다. 이미 차게 식은 커피를 들이켜며 생각에 잠겼다. 누구일까, 어느 쪽이 훔쳤을까? 아주 빠르고 대담한 솜씨다. 성구는 아닐 테다. 그런 게 가능했다면 본인 힘으로 눈을 훔쳤겠지. 앤젤라일 것이다. 그렇다면, 성구의 말대로 보기 드문 여자였다.

    나는 안쪽에 껴입은 바람막이 주머니에

손을 넣었다. 레진으로 특수 제작하여 적당히 부드럽고 반들반들한 감촉이 손끝에 닿았다. 나는 상자를 꺼내어 위아래로 살폈다. 그렇게 아름답고 사랑으로 가득했다던 여자의 의안도 제대로 들어 있었다. 비행 도중 까무룩 잠든 성구의 품속에서 무척이나 손쉽게, 내 것을 가져오듯 챙긴 것이었다.

    나는 뚜껑을 열고 눈을 바라보았다. 성준과도 성구와도 똑 닮은 눈을 보자 **도둑맞은** 핸드폰이 떠올랐고, 그 안에 쌓여 있을 성준의 문자들도 떠올랐다. 질타인지 용서인지 아니면 내가 예상조차 못한 질문일지—더는 볼 수 없는 글자들. 읽을 수 있을 때 제대로 읽지 못했다는 사실이 뼈아팠으나……. 마음 한편에서는 여태 겪은 적 없던 후련함이 머리를 쳐들었다. 마침내 나도 엄마 그리고 성준과 같은 입장에 처한 것이다. 이제 나 또한 양손을 쳐들고서 누군가에게 너 내 것을 가져갔어, 이로써 너와 나는 서로 묶였어, 외칠 수 있었다.

나는 고개를 들었다. 터널 끝과 엇비슷한 모양의 입구 너머로 수많은 사람과 물건이 들어찬 세계가 보였다. 어찌나 많은 것으로 복작이는지, 그중 몇 개를 빼돌려도 눈치채는 이 하나 없을 듯했다. 그러나 고개를 내리면 샌디에이고 공항 카페의 부드러운 노란 조명 아래, 반짝이는 눈이 보였고…… 성준은 이 눈을 보며 말했다. 이 눈이 내가 가야 할 길을 알려줘. 그러므로 나는 한 손을 뻗어 눈을 집었다. 엄지와 검지로 흰자를 감싼 채,

빤히 쳐다보았다.
어디로 가야 하는지
알려줄 때까지.

작가의 말

1

어릴 적, 그러니까 내가 10대 초반이던 무렵 학습 만화 붐이 일었다. 시골 사는 내게도 살갗에 찌릿할 만큼 느껴지던 유행이었다. 그중 가장 성공한 작품은 아무래도 《홍은영의 그리스 로마 신화》 시리즈였을 테다. 이 만화의 1권에서는 앞으로 이야기를 주로 이끌어갈 열두 신을 소개했는데, 어린 내 마음을 잡아끈

이들은 아르테미스나 아테네와 같은 젊은 여신이었으나(아이돌을 좋아하는 심정과 좀 비슷했다) 남신 중에서도 몇몇은 퍽 근사하게 느껴졌다. 단연 매력적인 신은 물론 헤르메스였다. 신들의 전령이라는 호칭이나 날개 달린 모자며 뱀 지팡이 같은 패션도 매우 세련되게 느껴졌지만, 역시 가장 멋진 면은 도둑의 신이라는 점이었다.

    어째서 도둑이라는 직업이 그토록 매력적으로 느껴졌을까? 당시 나는 간이 작고 겁도 많아서, 도둑질은커녕 여타 일탈의 행위에 뒷걸음질부터 치던 아이였다. 고로 나와 전혀 다른 요소에 속절없는 동경을 품었는지도 모른다. 그때까지 내가 해본 도둑질 비슷한 짓은 단 하나뿐이었는데, 정확히 말하면 '훔쳤다'기보다는 '빼돌린' 것에 한층 더 가까웠다.

여덟 혹은 아홉 살이었을 것이다. 갑작스레 한 무리의 의료진이 교실에 들이닥쳤다. 반 아이들 전체가 그들에게서 예방접종을 받을 예정이라고 했다. 흰옷을 입었는지는 잘 떠오르지 않지만, 간호사임이 분명한 사람들이 아이들에게 주사기를 하나씩 나눠줬다. 대체 무슨 생각으로 아이들에게 본인이 맞을 주사를 직접 배분해주었는지는 모르겠다. 다만 나는 내 몫의 주사만 잘 숨긴다면 예방접종을 받지 않아도 될 거라고 믿었다. 그럼 고통도 없을 테고……. 나는 재빨리 주사기를 가방 안에 숨겼고, 하굣길마다 지나치는 커다란 녹색 수거함에 이것을 버려야지 결심했다.

마침내 내 차례가 다가왔고 나는 말했다. 주사기가 없어졌어요. 간호사 선생님도 담임 선생님도 당황하여 책상 서랍과 의자 아래,

사물함 등을 샅샅이 뒤지기 시작했다. 너무
떨려서 의자째로 고꾸라질 것 같았으나
나는 끝까지 침묵을 지켰다. 그러나 벌벌
떠는 얼굴을 완전히 숨기기란 어려웠고,
결국 선생님들은 가방 안주머니에 깊숙이
넣어둔 주사기를 찾아냈다. 기어코 내 팔에
주삿바늘이 들어가는 순간 담임 선생님이
말했다. 이 애 어머니가 간호사세요. 이후
나는 주삿바늘보다 수치심이 더 두렵다는
결론을 내렸고, 두 번 다시 주사 앞에서
뒷걸음질 치거나 달아날 궁리를 하지 않게
되었다.

 이처럼 무엇을 빼돌리거나 숨기는 일
앞에서 가장 멋없는 형태로 졸아들던 나는
나와 완전히 반대되는 모습의 인물들―즉,
헤르메스를 비롯한 각종 이야기 속 도둑들에
홀딱 빠지곤 했다. 《왕도둑 징》《왕도둑

호첸플로츠》《산적의 딸 로냐》《천사소녀 네티》《원피스》의 나미나《오디션》의 국철 등등……. 다만 나의 동경과 질투는 오로지 허구의 도둑들에게만 발동했다. 내가 직접 만난 '현실의 도둑'이 매우 지질하고도 초라한 모습으로 뇌리에 남은 까닭이었다.

그 역시 여덟 혹은 아홉 살 때 만났다. (담임 선생님의 말씀대로) 병원에서 일하던 엄마와 함께 지하철에 탄 날이었다. 열차에서 내리던 엄마가 갑자기 소리를 질렀다. 지금 뭐 하는 거예요! 엄마가 전혀 모르는 이에게 소리를 지를 수 있는 사람임을 전혀 몰랐던 나는 커다란 충격에 빠진 채 뒤를 돌아보았다. 너구리처럼 생긴, 안경을 쓴 남자가 거기 서 있었다. 그는 나를 비롯한 사람들의 눈길 속에서 얼굴을 붉힌 채 후다닥 열차 안으로 뛰어들었다.

나중에 엄마는 저런 사람들을 소매치기라고 부른다고 말해주었다. 저 남자가 방금 엄마의 핸드백에서 지갑을 꺼내려고 했다는 이야기도 함께 해줬다. 엄마가 큰 소리로 꾸짖지 않았더라면 그는 지갑을 든 채로 유유히 사라졌을 테다. 대체 왜인지 몰라도 안경 쓴 사람이라면 하나같이 다정하고 친절하리라 생각하던 나는 세계에 한 차례 깊은 균열이 생겼음을 느꼈다. 더불어 도둑이라는 직업이 실재한다는 사실에 깊이 동요했다. 아, 세상에는 정말 무언가를 훔치는 것만으로 삶을 부지하는 일도 있는 거구나, 하며.

2

내가 졸업한 고등학교는 기숙사제였고

심심찮게 도난 사건이 벌어졌다. 선생님들은 도난에 매우 엄하게 대처했다. 몇 번은 도둑이 직접 자백하기까지 우리가 기다려줘야 한다며 전교생이 운동장에 서 있기도 했다. 해가 저물어 컴컴한 운동장에서 전교생과 함께 침묵을 지키면서, 나는 우리 중 하나가 물건을 훔쳤다는 사실을 끊임없이 곱씹었다. 지금 생각해도 '운동장에서의 대기'는 썩 좋은 방안이 아니었다. 으레 그런 기다림 끝에 남는 것은 도둑의 자백을 기다려주겠다는 마음이 아닌 그를 미워하고 배척하며 가만두지 않겠다는 심보뿐이었기 때문이다.

    나도 몇 차례 도둑질을 당했다. 같은 기숙사를 쓰는—그리하여 분명히 내가 얼굴을 알고 있을 사람 중 하나가 내 것을 훔쳐 갔다는 사실은 상당한 감정적 파문을 가져왔다. 한번은 누가 내 목도리를 훔쳐

갔다. 선물로 받은 목도리였으며 남색 천에 체크무늬가 찍혀 있었다. 당시 내가 가진 것 중 드물게 우아한 소품이었기에 사라졌다는 사실을 알자마자 얼마 되지 않는 짐과 좁다란 옷장을 모두 뒤졌다. 목도리는 어디서도 보이지 않았다. 그날 밤, 나 외에도 도둑질을 당했다는 아이들이 속속들이 나타났고 전교생 모두가 운동장으로 갔다.

초겨울 밤의 추위 속에서 윗니와 아랫니를 부딪치며 나는 생각했다. 너무 추워, 빨리 방에 가고 싶다, 한 놈이 잘못했는데 왜 우리 모두 벌을 받아야 하지, 근데 이런 건 반-공동체적인 생각인가? 아니, 그렇더라도 이게 대체 무슨 짓이야…… 그러니까…… 대체 누구지? 등등.

다른 날과 마찬가지로 도둑은 끝내 나타나지 않았다. 다들 언 뺨을 문지르고 씨발 씨발 읊조리며 방으로 돌아갔다. 점호 전 이불을 깔려고 옷장을 열었는데, 맨 위에 마법처럼 목도리가 놓여 있었다. 나는 흥분에 겨워 사감실로 달려갔고, 곧 방송이 울려 퍼졌다. 000호 윤이의 목도리가 되돌아왔다고 합니다. 모두 축하합시다. 내 기억이 과장된 게 아니라면, 몇몇은 손뼉까지 쳤다.

    사건 이후 나는 한동안 자기 의심에 시달렸다. 아무리 생각해도 도둑이 훔친 물건을 돌려준다는 건…… 말이 되지 않는 일로 여겨졌다. 나는 홀로 마구 불안해했다. 사실 처음부터 누구도 내 목도리를 훔쳐가지 않았던 거라면? 내 착각이 우리가 모두 운동장에 서 있는 데 일조했다면? 그렇다면 나는 나도 모르게 도둑을 '만들어낸' 셈인가?

    하나 수차례 돌이켜봐도 운동장으로 나가기 전까지 내 옷장 속에 목도리는 없었다.

굳게 확신하고 나니 이번에는 목도리에
도둑의 손길이 닿았다는 사실이 찜찜해졌다.
이건 분명 내 목도리인데, 내 몸에만 두르던
천인데, 내가 모르는 새 타인의 손을 타고,
나는 종내 알 수 없는 경험을 잔뜩 한 뒤에
돌아온 것이다. 도둑은 대체 무슨 생각으로
돌려준 걸까. 운동장 집합이 겁났나, 내게 좀
미안해졌을까, 아니면 몇 시간 새 내 목도리에
질렸나…… 별별 생각 속에서 시간이 흘렀고,
나는 내가 한 번도 본 적 없는 목도리 도둑을
줄기차게 되새기고 있다는 사실을 깨달았다.
혹시 내가 주사기를 빼돌린 날, 그 교실에
있던 사람들도 나를 기억할까? (왜인지 그러면
좋겠다는 마음이 내 안에 있다) 엄마의 지갑을
훔치려던 소매치기의 얼굴이 흑백 몽타주처럼
명백한 인상으로 내 뇌리에 남아 있는 것처럼.
만일 그렇다면, 어떤 사물의 부재를 불러온

이가 누군가의 기억에 또렷한 존재로 남는 게 당연하다면, 그건 얼마나 얄미우면서도 흥미로운 일인가?

3

비밀이 하나 있다. 가까운 사람들에게 슬쩍 흘린 적은 있지만 제대로 말한 적 없는 비밀이다. 요새 나는 글 쓰는 일이 무섭다. 마감이 가까운 날이면 악몽도 자주 꾼다. 옷을 벗고 거리를 돌아다니거나, 옛날에 정을 주고받던 이들에게 냉담한 눈길을 받는 식의 악몽이다. 이런 꿈자리 후에는 늘 식은땀에 흠뻑 젖은 몸으로 깨어난다.

돌이켜보면 자연스러운 수순 같다. 지난 몇 해 동안 읽히고 싶다는 마음으로, 돈을 벌기 위한 욕심으로, 이 행위로 먹고살겠다는 오기 등으로 계속 글을 썼다. 소설을 비롯한 글쓰기는 종종 현실과 동떨어진 창조적인 일처럼 여겨지나(이것도 사실이 아닌 듯싶다) 청탁과 마감은 완연한 현실의 일이다. 이 사이를 허둥지둥 뛰어다니다 보니 점차 내가 하는 일이 심호흡할 틈 없이 글자들을 마구 만들어내고 뒤섞는 것처럼 느껴지게 됐다. 조금만 더 시간을 들이거나, 한 단계만 더 집중하면 저 아래 묻힌 소설 또는 이야기의 뼈대를 온전히 또 제대로 파낼 수 있을 것 같은데(스티븐 킹은 《유혹하는 글쓰기》에서 "소설이란 땅속의 화석처럼 발굴되는 것"이며, "이미 존재하고 있으나 아직 발견되지 않은 어떤 세계의 유물"이라고 말했다) 요새의 나는 뼈대 전체를 발굴하긴커녕 생쥐처럼 뼛가루 혹은 소소한 조각들만 끌어모아 마구잡이로 잇는 것 같다. 이까짓 조각들로는 뼈대도 짜맞추지 못하고 골격 곳곳에 생긴 구멍만 발견하게 될 테다.

　이것은 현재진행형 고민이며 앞으로도 자주 맞닥뜨릴 것 같으므로, '하지만' '그러나' 또 마법의 접속사인 '그럼에도 불구하고'로도 해소할 수 없다. 하지만, 그러나, 그럼에도 불구하고 이번 소설에 임하긴 했다. 덜덜 떨며 쓰는 동안 어린 시절부터 유구하던, 많이 나아졌다고 생각했으나 여전히 내 속에 남아 악몽으로 나를 이끌던 불안과 두려움 등을 발굴했다. 그것들을 소설 속 인물들과 함께 나눠 먹었다. 이들 중 하나가 도둑이란 사실이 나를 종종 생각에 잠기게 했다.

　서글프게도 사미는 내가 어릴 적 동경하거나 질투하던 유형의 도둑들과는 영 다른 사람 같다. 그가 훔친 물건을 나열할 때 나 역시 깨달았다. 아무리 해도 사미가 헤르메스나 왕도둑 징 혹은 호첸플로츠 그도 아니면 괴도 네티나 루팡이 되기는 무리라는 것을. 그렇다면, 그런 존재인 우리는 무엇을 할 수 있나. 골똘히 고민한 끝에 본래 '소도둑 이야기'이던 소설의 제목을 '소도둑 성장기'로 바꿨다. 학습 만화 같은 제목이지만 그래서 더 어울리는 듯 보인다.

땅속인지 땅 바깥인지도 모를 곳에서, 실재하는지 실재하지 않는지도 모를 뼛조각을 조금씩이라도 벽장 속에 모으다 보면 결국엔 어느 몸이 만들어질 것이다. 그 형태나 질감이 어떨지, 본래 뼛조각이 있던 자리는 무엇으로 남을지 아직 잘 모르겠다. 10대 시절 내 목도리를 훔쳐 갔던 기숙생이나 엄마의 지갑을 훔치려던 안경 남자가 어떻게 성장했을지 잘 모르겠는 것처럼. 다만 주사기를 빼돌리는 데 실패한 내 미래는 얼마간 알고 있다. 나는 지금도 주사를 맞을 때 그 부위를 뚜렷이 보지 못하며, 마감 전날마다 잠을 설친다. 그 와중에 사미를 만났다. 무시무시한 일이지만 이런 만남은 여전히 내게 특별하다. 더 잘 이끌고 싶고, 그들의 뼈대를 온전히 끄집어내고 싶다. 그러려면 대체 무엇을 해야 할까?

    나는 소설 말미의 사미 역시 나와 비슷한 고민을 했으리라 믿는다. 그가 더 제대로, 온 힘을 다해 고민하면 좋겠다. 그것이 분명 내게도 영향을 미칠 것 같아서다.

2025년 여름
함윤이

함윤이 작가 인터뷰

Q. 《소도둑 성장기》로 두 번째 단행본을 내게 되셨어요. 무척 고된 노동의 결과물이 손에 들어왔을 때처럼, 나의 이름 석 자만 딱 박힌 책을 손에 들었을 때의 감회는 새로울 것 같아요. 반면 〈작가의 말〉에서는 글쓰기가 어려워지고 있다고 밝히셨지요. "어떤 사물의 부재를 불러온 이가 누군가의 기억에 또렷한 존재로 남는"(85쪽)다는 도둑질의 역설처럼 글쓰기 역시 아주 근원적이고 원초적이면서도 그렇기에 무엇보다 어려운 장르라는 아이러니를 갖고 있는 것 같습니다. '글쓰기'가 가진 모진 면을 하나만 꼽자면 무엇이라고 생각하시나요? 그에 따른 불안을 잠재우기 위한 작가님만의 파훼법이 있다면 무엇일까요?

A. 실은 이번이 세 번째 단행본입니다.

등단 이전에도 《서울집》이라는 독립출판물을 낸 적 있거든요. 당시에도 덜덜 떨었고, 요새도 제 이름으로 대표되는 책을 낼 때는 겁부터 먹습니다. 동시에 신나는 마음도 부인할 수 없죠. 자신의 작업을 바깥으로 던지는 일은 그만큼 다면적인 감정을 불러오는 행위 같아요.

 '글쓰기'의 모진 면에 관한 질문은 정말 어렵네요. 글쓰기는 어찌 보면 모진 점이 일절 없는 행위 같기도 하고(글자 자체는 제게 어떤 채찍질도 하지 않으니까요), 다르게 보면 모진 점밖에 없는 행위(많은 분과 함께 협업하지만, 그럼에도 직접 끝내지 않으면 절대 완성할 수 없다는 점에서요) 같기도 해요. 가끔은 원래부터 그 이야기를 잘 알았던 양 술술 써지고, 가끔은 문장의 순서를 정하는 일조차 제대로 안 돼서 쩔쩔매죠. 여러

번 해도 도무지 쉬워지지 않는다(더불어 쉬워져서는 안 될 것 같다)……는 점이 당장 떠오르는 글쓰기의 모진 점이에요. 여기에 관한 파훼법은 아직 없고, 그냥 두려워하며 쓰고 있습니다. 정 힘들면 다른 사람들이 만든 좋은 이야기를 봐요. 그럼 마음이 조금은 가라앉습니다.

Q. 이 책은 타고난 재능이라곤 '훔치는 것'뿐이라고 생각하지만 결코 대도(大盜)는 될 수 없는, 양손으로 움켜쥘 수 있는 사물만 훔치며 그것에 극히 만족하고, "승부를 보면서, 상대에게 패배를 안겨주는 방식"보다는 "그냥 훔치면"(42쪽) 된다는 마음 아래 살아가는 '사미'가 우연한 계기로 한 사람의 세상이랄 것을 훔치게 되면서 벌어지는 이야기를 다루고 있어요.

'사미'는 알고 보면 '천생 도둑'인데, 태어나면서부터 한 손 주먹에 작고 하얀 뼛조각을 그러쥐고 나온 그의 탄생 설화가 참 흥미롭다고 생각했습니다. 단순 해프닝으로 넘겨질 수 있는 이 사건은 "내가 들고 나온 조각이 이탈 세포나 기형종의 흔적이 아닌, 그 자신의 뼈 같다고"(9쪽) 느끼는 엄마의 태도로부터 엄청난 입체성을 습득하게 되고요.

《위도와 경도》에서 보여주신 위도와 경도의 시공간을 초월한 연애와 마찬가지로, 자칫 평면적으로 느껴질 수 있는 소재나 사건에 독특한 시선을 넣어 이야기의 테마로 끌고 가는 연출이 작가님 소설의 매력이라고 생각합니다. 그렇다면 '사미'는 왜 꼭 태어날 때부터 무언가를 손에 쥐고 나왔어야 하는 걸까요? 어린아이의 충동으로 시작되는 도둑질도 있을 텐데, 그것을 '태생'과 엮은 이유가 궁금합니다.

A. 질문에 적어주신 '탄생 설화'란 표현이 마음에 와닿습니다. 많은 영웅 설화를 보면 탄생부터 비범한 경우가 많잖아요. '사미'의 삶이 시작되는 순간도 여러모로 비범하지만, 막상 (소설에서 나타나는) 그의

삶은 영웅이라기에 영 초라하죠. 어쩌면 그것이야말로 현대인의 운명일까요?

 이 소설을 처음 구상할 때부터 '사미'의 '첫 도둑질' 장면은 이미 완성되어 있었어요. 돌이켜보니 그때의 저도 탄생 설화의 느낌을 가져가고 싶었나 봐요. 어린아이의 충동으로 시작하는 첫 도둑질은 취미나 애호에 더 가까워 보이지만, 신생아 적부터 뼛조각을 들고 나오는 도둑질은…… 꼭 운명처럼 보이잖아요? 많은 영웅담에서 '태생'은 운명을 결정짓는 요인으로 여겨지고요.

 물론 '사미'는 영웅이 아니며, 도둑질이 진짜로 본인의 운명인지 아닌지 결정하는 일은 그 자신에게 걸려 있죠.《소도둑 성장기》속 '사미'는 바로 그 선택을 내리는 구간에 서 있다고 생각합니다.

Q. 어느 날부터 '성준'이란 의문의 훼방꾼이 '사미'의 삶에 침투해오기 시작합니다. "무엇을 훔칠 때에야 나는 비로소 안전했고, 그런 만큼 진정으로 자유로웠다"(22쪽)는 '사미'의 도둑질을 검거하는 사람이자, 날 때부터 신에게 많은 재능을 부여받은 인물이고요. 그런 '성준'에게 도둑질을 처음 걸렸던 날, 세상이 떠나가라 서럽게 우는 '사미'의 모습에서 어쩐지 한평생 무언가만 바라보고 살아온 노인이 사실 그것이 휴지 쪼가리나 다름없다는 사실을 깨달았을 때와 같은 깊은 허탈감이 느껴졌어요. 아이에서 청소년기, 청소년에서 사회생활을 시작하면서 나와 닿는 세상의 면적이 넓어질수록 우린 자신이 가졌던 재능을 점점 보편적인 것으로 느끼게 되는 듯해요. 저는 어릴 때 놀이터 흙을 파내서

동전을 찾곤 했는데, 또래 중 제가 제일 많은 동전을 찾았고 스스로 동전 찾는 신비한 재능이 있다고 생각했어요. 그리고 그것이 당시 제 세계를 구성하는 아주 큰 능력이었고요. 어느 순간 동전을 찾는 일도, 동전 그 자체도 삶에서 중요해지지 않고 그때 약간의 허함을 느꼈던 것도 같습니다. 작가님은 어떠신가요? 특별하다고 여겼던 나만의 재능이 있으신가요?

A. 동전 이야기를 자꾸 곱씹어보게 되네요. 어릴 적 제 주위에도 그런 일에 뛰어난 재능을 지닌 친구들이 있었거든요. 놀이터에 파묻힌 동전이나 조가비를 잘 찾거나, 미끄럼틀이나 그네를 온갖 현란한 자세로 타거나, 공책과 다이어리를 기상천외한 방식으로 꾸미는 등등. 실제로

그런 '이벤트'를 꾸미는 친구들이 인기 만점이었고요. 자라다 보면 잊기 쉽지만 분명 아주 인상적인 재능들이었습니다.

저는 앞서 말한 예시 중 어디에도 별 재능이 없었어요. 운동이나 언어를 익히는 일도, 사람들과 관계를 맺는 일도 평균보다 느리게 익혔습니다. 새로운 걸 시작하거나 배울 때마다 엄청 긴장했고요. 그런 만큼 몇 없는 특기에 더 애착을 가졌어요. 저는 무엇을 보거나 읽는 일에 쉬이 지치지 않는 어린이였고, 덕택에 남들보다 더 많은 활자와 이미지를 안다는 데 큰 자부심을 갖고 있었습니다. 하지만 말씀해주신 대로 청소년기를 거치고 사회생활을 하며 저의 재능 자체가 별난 게 아님을 알게 됐고, 그 사실에 또 덜컥 겁먹었습니다. 그 불안 덕에 이것저것 건드리거나 헤집고 다녔어요. 그러다

보니 예전보다는 새로운 분야에 들어서는 일이 덜 무서워졌고요. 시작이 어려워도 어떻게든 느릿느릿 끌고 가다 보면 만날 수 있는 미래도 여럿 있더군요…….

앞서 저희가 이야기한 '특별한 재능'은 시작점에서 굉장히 중요한 역할을 하지만, 그것을 지속하는 일은 또 다른 영역의 능력 같아요. 이런 관점에서 보면 특별한 재능이 보편적인 것으로 변하는 일이 썩 나쁘지만은 않다고 느낍니다. 사미와 성준 그리고 성구 모두 여기저기 헤매다 보면, 자신이 뛰어들 여러 미래를 만날 수 있지 않을까 생각하고요.

Q. 그렇다면 이번 생에는 없지만 다시 태어난다면 갖고 싶은 재능이 있다면 무엇일까요?

A. 운동신경이 뛰어난 사람이 되고 싶습니다. 종종 파쿠르를 하거나 스케이트보드를 타거나 자전거 묘기를 부리는 사람들의 영상을 찾아보거든요. 분명 저와 비슷한 크기와 무게를 가졌음에도 중력의 영향을 덜 받는 듯 날아다니는 몸들을 보며 질투와 동경을 느낍니다. 그런 몸으로 감각하는 세계는 제가 겪는 것과 사뭇 다를 것 같거든요. 그 세계가 궁금해요.

Q. 이야기는 '성준'이 비장하게, 마치 프러포즈를 하듯 꺼내 든 반지 상자 속 의안으로 새로운 국면을 맞게 됩니다. '사미'는 "너 꼭 이런 식으로 살아야만 해?"(43쪽)라고 묻는 '성준'에게 큰 모멸감을 느끼고, (어쩌면 복수의 일환으로) 엄마의 눈을 훔쳐달라는 '성준'의 쌍둥이 형 '성구'의 부탁을 들어주게 돼요. 이는 "뭐든 훔칠 수 있는 양 굴어놓고 실은 진짜로 귀하거나 위험한 건 훔치지 않는" 그러니까 진짜 "간이 요만한 좀도둑"(53쪽)에 불과한 '사미'가 비로소 진정한 재능의 심판대에 오르게 됨을 암시하기도 합니다. 그리고 훗날 그 대가를 달게 받게 되고요.

무언가를 훔친다는 것은 작든 크든 그것이 가진 고유의 가치를 빼돌린다는 점에서 유독한 행위 같아요. 그리고 '사미'는

자신의 존재 이유를 그 빼돌린 가치로 돌려
막기하듯 채워왔던 것 같습니다. 그 모습에
물리적인 도둑질이 아니더라도 타인의 고유한
가치를 가로채 자신의 존재를 찾는 사람들의
면면이 떠오르기도 했어요. 타인의 이야기,
타인의 삶, 타인의 영광, 타인의 업적이
아니면 자신의 것은 아무것도 없는 사람들.
'사미'도 그들처럼 많이 외로웠을까요?
'사미'가 그토록 채우고자 했던 결핍은
무엇이었을까요?

A. 이번 소설을 마무리하고 나서
'사미'야말로 내가 여태 쓴 주인공 중 가장
이기적인 인물이 아닐까 생각했어요. 그런
만큼 성장소설의 주인공으로 잘 어울릴지도
모르겠네요.
말씀하신 대로 '사미'는 남들에게서

빼돌린 가치로 자신의 삶을 채워왔고, 와중에도 '진짜로 위험을 감수해야 하는 것'은 함부로 훔치지 못했어요. 곰곰 생각해보면 왜 '사미'가 이렇게 구는지는 충분히 이해할 만해요. 아주 어릴 적부터 본인이 했는지 확실치도 않은 일로 어머니의 원망을 받았고(혹은 받았다고 느끼고), 자신을 환대하는 자리가 없다는 불안 속에서 어떻게든 "제 것"으로 이름 붙일 것을 찾아다녔을 거예요. 물론 그 강박에 갇혀 있느라 놓치게 된 마음이나 순간도 많았겠지요. '성준'과의 관계도 그중 하나였을 테고요.

 언급해주신 대로 사미는 '그 대가를 달게' 받았어요. 그러니 앞으로는 본인 속의 결핍뿐 아니라 바깥의 세계와도 더 자주 눈 맞추게 될지도 몰라요. 그 과정에서도 무언가 훔치게 될까요? 혹은 정말로 도둑질을 그만두게 될까요? 그건 저도 아직 잘 모르겠습니다.

Q. 만약 도둑질이 아니었다면 '사미'는 어떤 방법으로 그 결핍을 헤쳐나가게 될까요?

A. 역시 어려운 질문이에요. 도둑이 아닌 '사미'는 당장 떠올리기가 힘드네요. 다만 이기적인 만큼 진취적인 사람이니까, 본인이 마음 붙일 곳을 어떻게든 찾아내지 않았을까요? 여기까지 쓰고 나니, 그 태도야말로 '사미'의 진짜 재능 같기도 하군요.

한 조각의 문학, 위픽 wefic

구병모　《파쇄》
이희주　《마유미》
윤자영　《할매 떡볶이 레시피》
박소연　《북적대지만 은밀하게》
김기창　《크리스마스이브의 방문객》
이종산　《블루마블》
곽재식　《우주 대전의 끝》
김동식　《백 명 버튼》
배예람　《물 밑에 계시리라》
이소호　《나의 미치광이 이웃》
오한기　《나의 즐거운 육아 일기》
조예은　《만조를 기다리며》
도진기　《애니》
박솔뫼　《극동의 여자 친구들》
정혜윤　《마음 편해지고 싶은 사람들을 위한 워크숍》
황모과　《10초는 영원히》
김희선　《삼척, 불멸》
최정화　《봇로스 리포트》
정해연　《모델》
정이담　《환생꽃》
문지혁　《크리스마스 캐러셀》
김목인　《마르셀 아코디언 클럽》
전건우　《앙심》
최양선　《그림자 나비》
이하진　《확률의 무덤》
은모든　《감미롭고 간절한》
이유리　《잠이 오나요》
심너울　《이런, 우리 엄마가 우주선을 유괴했어요》
최현숙　《창신동 여자》

연여름	《2학기 한정 도서부》
서미애	《나의 여자 친구》
김원영	《우리의 클라이밍》
정지돈	《현대적이라고 말할 수 없는 죽음들》
이서수	《첫사랑이 언니에게 남긴 것》
이경희	《매듭 정리》
송경아	《무지개나래 반려동물 납골당》
현호정	《삼색도》
김 현	《고유한 형태》
이민진	《무칭》
김이환	《더 나은 인간》
안 담	《소녀는 따로 자란다》
조현아	《밥줄광대놀음》
김효인	《새로고침》
전혜진	《고르디우스의 매듭을 자르면》
김청귤	《제습기 다이어트》
최의택	《논터널링》
김유담	《스페이스 M》
전삼혜	《나름에게 가는 길》
최진영	《오로라》
이혁진	《단단하고 녹슬지 않는》
강화길	《영희와 제임스》
이문영	《루카스》
현찬양	《인현왕후의 회빙환을 위하여》
차현지	《다다른 날들》
김성중	《두더지 인간》
김서해	《라비우와 링과》
임선우	《0000》
듀 나	《바리》
한유리	《불멸의 인절미》
한정현	《사랑과 연합 0장》
위수정	《칠면조가 숨어 있어》
천희란	《작가의 말》
정모라	《장문》
이주란	《그때는》
김보영	《헤픈 것이다》
이주혜	《중국 앵무새가 있는 방》

정대건	《부오니시모, 나폴리》
김희재	《화성과 창의의 시도》
단 요	《담장 너머 버베나》
문보영	《어떤 새의 이름을 아는 슬픈 너》
박서련	《몸몸》
금정연	《모두 일요일이야》
박이강	《잡 인터뷰》
김나현	《예감의 우주》
김화진	《개구리가 되고 싶어》
권김현영	《수신인도 발신인도 아닌 씨씨》
배명은	《계화의 여름》
이두온	《돈 안 쓰면 죽는 병》
김지연	《새해 연습》
조우리	《사서 고생》
예소연	《소란한 속삭임》
이장욱	《초인의 세계》
성해나	《우리가 열 번을 나고 죽을 때》
장진영	《김용호》
이연숙	《아빠 소설》
서이제	《바보 같은 춤을 추자》
권희진	《일단 믿는 마음》
정이현	《사는 사람》
함윤이	《소도둑 성장기》
백세희	《바르셀로나의 유서》
이현석	《고백의 시대》

위픽은 위즈덤하우스의 단편소설 시리즈입니다.
'단 한 편의 이야기'를 깊게 호흡하는
특별한 경험을 선사합니다.

이 작은 조각이 당신의 세계를 넓혀줄
새로운 한 조각이 되기를.
작은 조각 하나하나가 모여
당신의 이야기가 되기를.

당신의 가슴에 깊이 새겨질
한 조각의 문학, 위픽

위픽 뉴스레터 구독하기
인스타그램 @wefic_book